우리 동네 예술가 두 사람

어르신 이야기책 _107 짧은글

우리 동네 예술가 두 사람

초판 1쇄 발행일 2018년 3월 9일

지은이 양귀자
그린이 남인희
펴낸이 이원중

펴낸곳 지성사 출판등록일 1993년 12월 9일 등록번호 제10-916호
주소 (03408) 서울시 은평구 진흥로1길 4(역촌동 42-13) 2층
전화 (02) 335-5494 팩스 (02) 335-5496
홈페이지 지성사.한국 | www.jisungsa.co.kr 이메일 jisungsa@hanmail.net

ISBN 978-89-7889-356-5 (04810)
978-89-7889-349-7 (세트)

잘못된 책은 바꾸어 드립니다. 책값은 뒤표지에 있습니다.

이 도서의 국립중앙도서관 출판예정도서목록(CIP)은 서지정보유통지원시스템 홈페이지(http://seoji.nl.go.kr)와 국가자료공동목록시스템(http://www.nl.go.kr/kolisnet)에서 이용하실 수 있습니다. (CIP제어번호: CIP2018005469)

어르신 이야기책 _107 짧은글

우리 동네 예술가 두 사람

양귀자 글 · 남인희 그림

지성사

북한산 자락에 둘러싸여서 사시사철
웅장한 자연의 작품을 감상하며 살 수 있는
우리 동네에 오면 예술인들을 많이 만날 수 있다.

우선은 미술관이 두 개나 있어서 자연
화가들이 자주 모이고
그림을 좋아하는 미술 애호가들의 발길도 잦다.

그런가 하면 소설가나 시인들도
여러 명이 동네에 주민등록을 얹어놓고 있다.

자리를 잡고 살고 있는 그들이 얼마나
동네 예찬론을 폈는지 앞으로 이 동네로 이사 오겠다고
마음먹고 있는 소설가나 시인도 부지기수이다.

미술관

그밖에도 음악이나 방송, 혹은 언론에
종사하는 사람들도 가끔씩 만나게 되는데
나로서는 그들이 근방에 사는 사람들인지,
아니면 방문객들인지는 알 도리가 없다.

다만 다른 곳에 비해서
예술인이라 부를 수 있는 사람들과
자주 부딪치게 되는 것만은 사실이다.

우리 동네의 또 하나의 특색은

규모가 작은 카페들이 아주 많다는 것이다.

그래서 흔히 동네 앞 큰길을 우리는

'카페거리'라고 부른다.

일일이 세어 보지 않아서 장담은 못하지만
적어도 수십 개에 이르는
작고 아담한 카페들이 길 양쪽에 늘어서 있고,

각각 내걸고 있는 상호들은 또 얼마나 예술적인지
카페 간판들을 죽 읽다보면
흡사 한 편의 서정시를 감상하는 기분이 되곤 한다.

목마
&
숙녀
CAFE

그곳을 자주 찾는 글동네 선배 말씀에 의하면
이들 카페의 주 고객들은 거의가 '쟁이'라고 했다.

일부러 먼 곳에서 찾아오는 '쟁이'와
근처의 '쟁이'들로 밤마다 북적거리는데

그 외에도 술 좋아하는 대학교수들까지 합세해서
그 많은 카페 주인들을 먹여 살린다는 것이었다.

예술적인 동네 분위기 때문에

카페들이 많이 생겨났는지,

아니면 카페들이 많아서

예술인들이 많이 모이는 것인지,

그 앞뒤 연결사항은 나도 잘 모르는 일이다.

하지만 이곳 카페들이 술 좋아하는
빈약한 주머니 사정의 ‘쟁이’들을
넉넉하게 포용하고 있는 것을 보면

퇴폐와 환락으로 눈살을 찌푸리게 하는
여느 술집들과는 여러모로 다르다는 것은
분명한 사실이다.

우리 동네에서는 카페조차 예술적인 것이다.

새벽★다방
☎ 76-2506

이제까지 나는 우리 동네의

예술적 분위기에 대하여 긴 설명을 했다.

물론 끝없는 자기 극복과 한없는 자기 단련으로

고통의 창조 작업을 하고 있는

예술인들이 많이 모인다는 이야기도 했다.

하지만 내가 하고자 하는 '예술가' 이야기는
지금부터가 시작이다.

나는 내게 감동을 준
두 명의 예술가들에 관해 말하려고
여태까지 긴 서두를 펼치고 있었던 셈이었다.

이 두 명의 예술가들이 만드는 작품은 어떤 것이고,
또 그들은 어떤 생활을 하고 있는지에 대해서는
지금부터의 이야기가 말해줄 것이다.

그 전에 한 가지 미리 말해 두는 바이지만,
이 두 사람의 예술가들을 보고 싶다면
언제라도 우리 동네에 오면 된다.

그들은 이 동네의 한가운데에서
매일같이 성실하고 끈질기게
자신의 진지한 '예술'에 몰두해 있으니까.

우선 그 첫 번째 예술가.

그이는 늘 흰 가운을 입고 있다.
그리고 여자이다.

이렇게 말하면 여류 조각가를 상상할지도 모르겠다.
아니, 그 짐작이 맞을지도 모른다.

그이가 빚어내는 작품도
일종의 조각이라면 조각일 수도 있다.

그이는 매일 아침 9시에 일터로 나와서
다시 저녁 9시가 되면 가운을 벗고 집으로 돌아간다.

일터에서의 그이는 다소 무뚝뚝하고 뻣뻣하다.

남하고 싱거운 소리를 나누는 일도 거의 없다.
잘 웃지도 않는다.

오히려 늘 화를 내고 있는 것처럼 보이기도 한다.

그런 얼굴로 그이는 늘 일을 하고 있다.

그이가 만드는 작품은 불티나게 팔리고 있으므로
하기야 쉴 틈도 많지 않다.

묵묵히 일만 하고 있는 그이를
우리는 '김밥아줌마'라고 부른다.

따라서 그이가 만드는 작품은 자연히

김밥이라는 이름을 가지고 있다.

하지만 그이의 김밥은

보통의 김밥과는 아주 다르다.

언제 먹어도 그이만이 낼 수 있는

담백하고 구수한 맛이 사람을 끌어당긴다.

그이의 김밥은 절대 맛을 속이지 않는다.

김밥아줌마는 작품을 만들 때
사람들이 보고 있으면 막 화를 낸다.

누군가 쳐다보면 마음이 흔들려서
실패작만 나온다는 것이다.

김밥을 말고 있을 때는

누가 무슨 말을 해도 들은 척을 하지 않는다.

한 번 더 말을 시키면 여지없이

성질을 내며 일손을 놓아버린다.

그이는 파는 일엔 전혀 관심이 없고

오직 김밥을 만드는 그 행위에만

몰두해 있는 사람처럼 보인다.

언젠가 나도 무심히
김밥 마는 것을 구경하고 있다가 당했다.

쳐다보고 있으니까
김밥 옆구리가 터지는 실수를 다 한다고
신경질을 내는 그이가 무서워서
주문한 김밥을 싸는 동안 멀찌감치 떨어져 있었다.

그러나 집에 돌아와서 먹어본 김밥은

그이에게 당한 것쯤이야

까맣게 잊어버리고도 남을 만큼

그 맛이 환상적이었다.

그 김밥은 돈 몇 푼의 이익을 위해 말아진
그런 김밥이 아니었다.

나는 그래서 그이의 김밥을 서슴지 않고
'작품'이라 부른다.

그 두 번째 예술가.

그는 이제 막 오십 고개를 넘은 남자이다.

하루도 빠짐없이 머리에 얹어놓고 있는 빵떡모자와
아직은 듬직한 몸체, 그리고 늘 웃는 얼굴의 그이는

일 년 열두 달 거의 빠짐없이 하루에 두 차례씩
내가 사는 연립주택의 마당에 나타난다.

자식들의 결혼 날이거나
아니면 길이 꽁꽁 얼어붙어 오르막인 이곳까지
트럭이 못 올라오는 한겨울 며칠을 제외하면

오전 10시 무렵과 오후 4시경에는 어김없이
주홍 휘장을 두른 그의 트럭을 볼 수가 있다.

그가 등장하는 모습은 언제나 일정하다.

먼저 귀에 익은 바퀴 구르는 소리와 함께
그가 운전하는 주홍 트럭이 언덕배기를 올라온다.

차를 세운 다음에는 얼른 확성기를 들고
운전석에서 뛰어내린다.

빵떡모자를 쓴 그는 확성기에 대고
자신이 심혈을 기울여 골라온
물건의 이름을 하나하나 부른다.

양파나 버섯 있어요.
싱싱한 오이와 배추도 있어요.
엄청 달고 맛있는 복숭아나 포도 있어요…….

그다음엔 그를 기다리고 있던 이웃들이
하나씩 둘씩 모여드는 것이다.

언덕배기를 내려가서 또 버스를 타고 가야
이웃 동네의 시장이 나오는지라 이웃들은 대부분
그에게서 필요한 먹거리들을 사고 있다.

게다가 뜨내기 행상 트럭도 아니고
고정적으로 드나드는 단골인지라
물건만큼은 믿고 사도 좋았다.

하기야 그에게는 자신의 트럭 위에 있는
온갖 야채와 과일이 국내 최고라는
자신이 차고도 넘친다.

최고의 품질만을 고집하고 있다는 장사에 대한
그의 소신은 실제에 있어서도 과히 틀린 바는 없다.

그는 오이 하나를 사는 손님일지라도
이 오이의 산지는 어디이고
도매가격은 또 얼마나 높은 최상품인가를
일일이 설명하느라고 늘 입이 쉴 새가 없다.

그뿐이 아니다.

지난번에 사간 그 고구마가 과연 꿀맛이었는지,

엊그제 사간 배추로 담근 김치가
연하고 사근사근한지도
고객들한테 끊임없이 확인한다.

그런 과정에서
행여 고객의 불만이 포착되기라도 하면
그는 아예 장사고 뭐고 없이 그것의 규명에만 매달린다.

그 고구마가 달지 않은 것은
삶는 방법에 문제가 있었는지 아니면
그런 고구마를 도매시장에서 떼 온 자신의 안목이
모자라서였는지를 속 시원하게 판가름하지 않으면
직성이 안 풀리는 사람이 바로 주홍 트럭의 주인인
빵떡모자 아저씨인 것이다.

그는 자신이 파는 물건이 최고라는 소리를
듣기 위해서 트럭 행상을 하는 사람처럼 보인다.

손님이 없을 때는 늘 자신의 물건들을
정리하고 다듬는 일에 몰두해 있는 사람이고
호박 한 개를 집을 때도
두 손으로 조심조심 그것을 받들어 올린다.

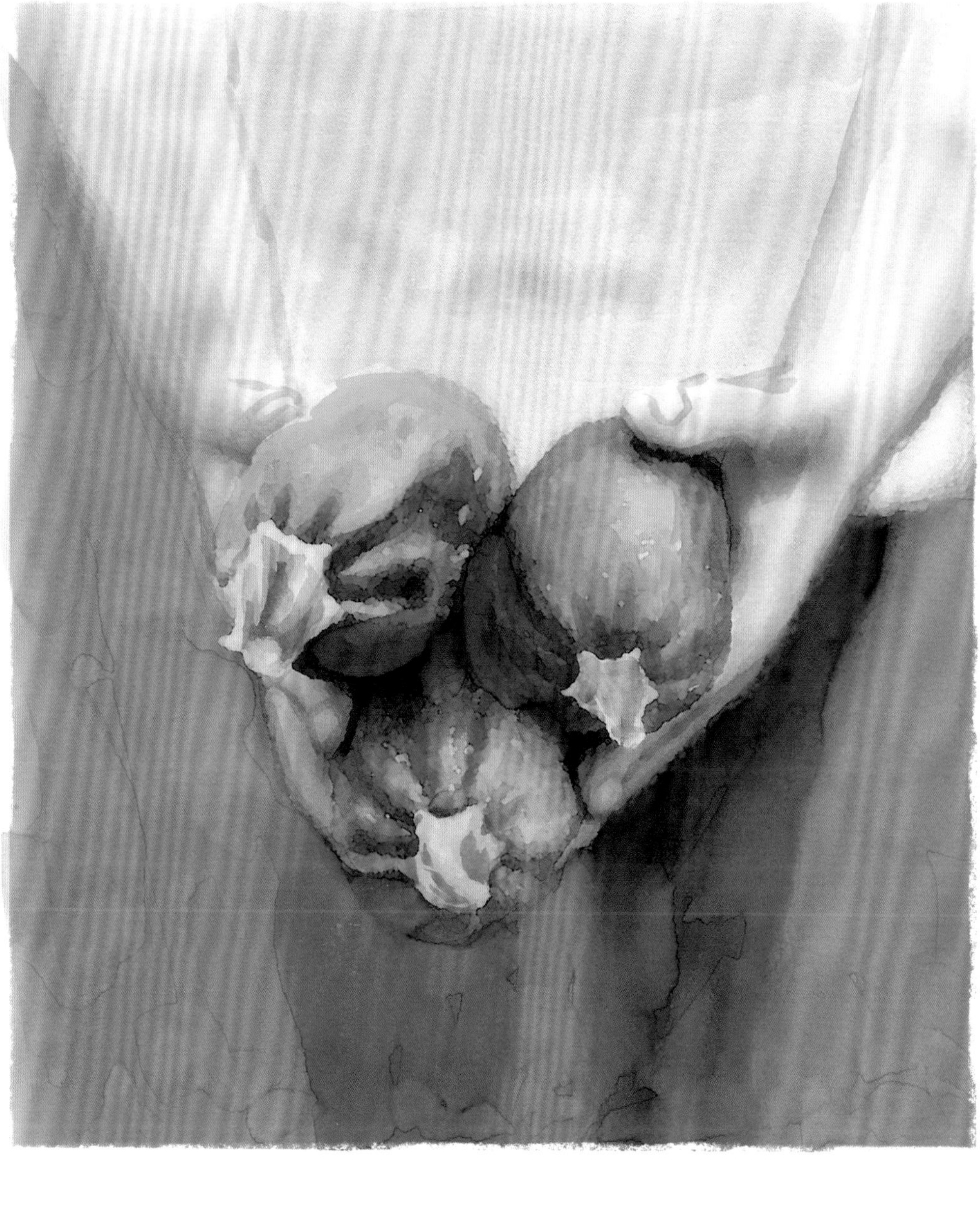

그는 자기가 팔고 있는 쑥갓이나 양파에 대해
이야기하기를 좋아한다.

나는 그가 다른 화제를 입 밖에 올리는 것을
본 적이 없다.
그는 언제나 마늘이나 포도,
쪽파나 무에 대해서 이야기한다.

그것들이 왜 좋은 물건인지에 대해서만 이야기한다.
가령 이런 식이다.

“이 마늘 보세요.
어느 한 군데도 흠이 없잖아요.
요렇게 불그스름하고 중간짜리가 상품이지요.

그리고 요 반듯반듯하게 파인 줄을 보세요.
이런 것은 짜개면
어김없이 여덟 쪽이지요.

이보다 더 좋은 마늘 파는 사람 있으면

어디 나와 보라고 하세요. 정말이에요.

그런 사람이 나 말고 또 있다면,

만약 그렇다면

나 그날로 이 장사 집어치울 거예요.

아니, 정말 그렇게 한다니까요."

내가 보기에는 만약 그런 사람이 나타나면
장사를 집어치우는 것으로 끝낼
그가 결코 아니다.

아마 그 이상의 불행한 일이 일어날지도 모른다.

세상에서 예술가들만큼

자존심이 센 사람은 없으니까.

그리고 최고의 가치만을 추구하는

주홍 트럭의 그는

분명 예술가임이 틀림없으니까.